Gotthold Ephraim Lessing

Oden

Gotthold Ephraim   Lessing

Oden

ISBN/EAN: 9783337353384

Hergestellt in Europa, USA, Kanada, Australien, Japan

Cover: Foto ©Andreas Hilbeck / pixelio.de

Weitere Bücher finden Sie auf **www.hansebooks.com**

Oden

Gotthold Ephraim Lessing

alphabetisch nach Titeln sortiert

Abschied eines Freundes

Schon hast du, Freund, der letzten letzte Küsse
Auf nasse Wangen uns gedrückt;
Schon schon, beim Zaudern unentschloßner Füße,
Den schnellen Geist vorweg geschickt.

Für uns dahin! Doch nein, dem Arm entführet,
Wirst du dem Herzen nicht entführt.
Dies Herz, o Freund, einmal von dir gerühret,
Bleibt ewig, trau! von dir gerührt.

Erwarte nicht ein täuschend Wortgepränge,
Für unsre Freundschaft viel zu klein.
Empfindung haßt der Reime kalte Menge,
Und wünscht unausposaunt zu sein.

Ein feuchter Blick sind ihre Zaubertöne;
Ein schlagend Herz ihr rührend Lied.
Sie schweigt beredt, sie stockt, sie stammelt schöne,
Ums stärkre Wort umsonst bemüht.

Es winken dir beneidenswerte Fluren,
Nur unsers Neides minder wert.
Zieh hin! und find auch da der Vorsicht goldne Spuren,
Um dich besorgt, von dir verehrt.

Dort* herrscht die Ruh, dort ist der Lärm vergangen,
Der hier** noch Musen stören darf,
Seit Pallas gern, auf Friederichs Verlangen,
Die spitze Lanze von sich warf.

* Halle.

** Wittenberg.

An Herr Gleim

Umsonst rÜstet Kalliope den Geist ihres Lieblings zu hohen
Liedern; zu Liedern von Gefahren und Tod und
heldenmütigem Schweiße.

Umsonst; wenn das Geschick dem Lieblinge den Held
versagt, und beide in verschiednen Jahrhunderten, oder
veruneinigten LÄndern geboren werden.

Mit Dir, Gleim, ward es so nicht! Dir fehlt weder die Gabe
den
Helden zu singen, noch der Held. Der Held ist Dein KÖnig!

Zwar sang Deine frohe Jugend, bekränzt vom
rosenwangigten Bacchus, nur von feindlichen Mädchen,
nur vom streitbaren Kelchglas.

Doch bist Du auch nicht fremd im Lager, nicht fremd vor
den feindlichen Wällen und unter brausenden Rossen.

Was hält Dich noch? Singe ihn, Deinen König! Deinen
tapfern, doch menschlichen; Deinen schlauen, doch
edeldenkenden Friedrich!

Singe ihn, an der Spitze seines Heers; an der Spitze ihm
ähnlicher
Helden; soweit Helden den Göttern ähnlich sein können.

Singe ihn, im Dampfe der Schlacht; wo er, gleich der Sonne
unter den
Wolken, seinen Glanz, aber nicht seinen Einfluß verlieret.

Singe ihn, im Kranze des Siegs; tiefsinnig auf dem
Schlachtfelde, mit tränendem Auge unter den Leichnamen
seiner verewigten Gefährten.

Du weißt, wie Du ihn am besten singen sollst. Ich will

unterdes mit äsopischer Schüchternheit, ein Freund der
Tiere, stillere Weisheit lehren.-Ein Märchen vom blutigen
Tiger, der, als der sorglose Hirt mit Chloris und dem Echo
scherzte, die arme Herde würgte und zerstreute.

Unglücklicher Hirte! Wenn wirst Du die zerstreuten
Lämmer wieder um
Dich versammeln? Wie rufen sie so ängstlich im
Dornengehecke nach
Dir!

An den Herrn N**

Freund, noch sind ich und du dem Glücke
Ein leichter Schleiderball.
Und doch belebt auf seine Tücke
Kein beißend Lied den Widerhall?

Der Tor gedeiht, der Spötter steiget,
Dem Bösen fehlt kein Heil.
Verdienst steht nach, und fühlt gebeuget
Ein lohnend Amt dem Golde feil.

Auf, Freund! die Geißel zu erfassen,
Die dort vermodern will.
Seit Juvenal sie fallen lassen,
Liegt sie, Triumph ihr Laster! still.

Geduld! Schon rauscht sie durch die Lüfte,
Blutgierig rauscht sie her!
Verbergt, verbergt die bloße Hüfte!
Ein jeder Schmiß ein giftger Schwär!

Erst räche dich, dich Freund der Musen.
Du rächest sie in dir!

Doch dann auch mich, in dessen Busen
Ein Geist sich regt, zu gut für hier.

Vielleicht, daß einst in andern Welten
Wir minder elend sind.
Die Tugend wird doch irgends gelten.
Das Gute kömmt nicht gern geschwind.

An seinen Bruder

Auch dich hat, da du wardst geboren,
Die Muse lächelnd angeblickt;
Auch du hast dich dem Schwarm der Toren
Auf jungen Flügeln kühn entrückt!

Ihm nach, dem Liebling des Mäcenen!
Ihm nach, sein Name sporne dich!
Er lehrte dich, das Laster höhnen;
Er mache dich ihm fürchterlich!

Oh! schnitten wir mit gleichem Fluge
Die Lüfte durch zur Ewigkeit!
Oh! schilderte mit einem Zuge
Zwei Brüder einst die Richterzeit!

"Die zwei", so soll die Nachwelt sprechen,
"Betaumelte kein Modewahn,
Die Sprache schön zu radebrechen,
Zu stolz für eine Nebenbahn."

Betritt der Alten sichre Wege!
Ein Feiger nur geht davon ab.
Er suchet blumenreiche Stege,
Und findet seines Ruhmes Grab.

Doch lerne früh das Lob entbehren,

Das hier die Scheelsucht vorenthält.
Gnug, wann versetzt in höhre Sphären,
Ein Nachkomm uns ins Helle stellt!

Auf eine vornehme Vermählung

Paar, das, vom Glück geliebt, auch Liebe glücklich macht, —
Sie, die ein fühlend Herz, und nicht die Ahnen schätzet,
Und nicht der Würden saure Pracht,
Und nicht der Taten Glanz, die man in Marmor ätzet —
Er kömmt, hier ist er schon, der schönste deiner Tage,
Der schönste, weil die Lieb ihn schmückt,
Und ihr erfüllter Wunsch der Hoffnung süße Plage
Im Wechselkuß erstickt.

Dort in Aurorens Reich, am Quell vom ewgen Licht,
Wo unsre Tage stehn, die Wieg und Grab umgrenzen —
Ein sterblich Auge zählt sie nicht —
Dort sah, Beglückte glaubts, der Dichter eure glänzen!
Schnell hob sich dieser Tag, kenntbar am Rosenkranze,
Aus der gemeinen Tage Schar.
Es wuchs sein Glanz, und wuchs und überstieg am Glanze
Den Tag, der euch gebar.

So wie ein Bach, der in der Wüste schleicht,
Vergebens sein Krystall auf lauter Kieseln rollet,
Wenn ihn der Wandrer nicht erreicht,
Dem er den süßen Trunk, und dann das Schlaflied zollet:
So fließt in kalter Still, in ungenoßnen Stunden,
In Tagen, die Verdruß umhüllt,
Das faule Leben fort, die traurigen Sekunden, —
Wenn sie nicht Liebe füllt.

Fühlt ihr es, selig Paar? Und selig, wer es fühlt!
Der Mensch, sich selbst ein Feind, kehrt oft den blinden

Rücken
Der Wollust zu, auf die er zielt,
Sucht in Zerstreuung Ruh, und Ruhm in Bubenstücken.
Seht sie, vom Traum getäuscht, in Sorg und Lüsten
schweben,
Dem fräßgen Strudel unsrer Zeit!
Dann wägt ihr Glück und sagt: Gebt ihr für all ihr Leben
So einen Tag als heut?

Dort sinnt, in banger Nacht, ein Sklav von flüchtgem Ruhm
Von Amt auf Ämter hin. Der Märtyrer der Titel,
Des kranken Wahnes Eigentum,
Schämt sich, vor lauter Ehr, auch nicht enthrter Mittel.
Hier häuft der bleiche Geiz das Geld zur eignen Plage,
Und atmet kaum vor Hunger mehr.
Sagt, liebend Paar, gebt ihr für ihre ganzen Tage
So einen Tag, als der?

Er selbst, der kühne Held, wenn er vom Kriegsgott glüht—
Du weißt es, Bräutigam!—sprich, wenn im blutgen Streite
Er starr mit einem Blicke sieht
Vor sich den wilden Tod, und Ewigkeit zur Seite;
Wenn er, da über ihm die Himmel Famen hören,
Für Friedrichen und durch ihn siegt—
Bist du—gesteh es nur der Menschlichkeit zu Ehren—
So schön, als jetzt vergnügt?

O Braut, preß ihm dies Nein—vermag dein Reiz es doch—
Aus der bewegten Brust. Und ja, dir wird ers sagen.
Der sanften Lieb unschimpflich Joch
Ward auch vom Tapfersten im Lorbeerkranz getragen.
Nur tolle Härte wähnt, es trät ein zärtlich Herze
Dem Mut, dem stählern Mut, zu nah.
Er selbst, der Krieger Gott, voll Blut und Staub und
Schwärze,
Mars kennt Cytheren ja.

Den Prunk der großen Welt, und die verlarvte Stadt
Floh zwar seit langer Zeit die Gottheit holder Liebe.
Wo Buhlerei den Tempel hat,
Sind, die Verliebte sind, Verräter oder Diebe.
Sie floh zur stillen Flur, wo, bei gelaßner Jugend,
Die Einfalt Schöne schöner macht.
Da brannt ihr Rauchaltar!—Doch jüngst hat sie die Tugend
Zu euch zurück gebracht.

Sie kam. Ich sah den Zug; ein Dichter sieht ihn nur.
Der Frühling, vor ihr her, verscheuchte Frost und Wetter,
Und Weste folgten ihrer Spur,
Und in den Westen lacht ein Schwarm der Liebesgötter.
Es führten Tugend sie und Lust in enger Mitten,
Lust, welche nie der Liebe fehlt,
Und nie die Tugend haßt; und unter ihren Tritten
Ward auch der Stein beseelt.

Zu euch, glückselig Paar, zu euch zog dieser Zug.
Verbergt die Göttin nicht! Sie glüht in euren Blicken;
(Die sind sie zu verraten gnug,)
Sie, die euch mehr beglückt, als Schätz und Stand
beglücken.
Verbergt die Liebe nicht! Das Laster mag sie hassen,
Denn das soll ewig sich nicht freun.
Wie traurig wird die Flur, die sie um euch verlassen,
Den Schäferinnen sein!

Der 24ste Jenner in Berlin

Welch leichter Morgentraum ließ, auf den heilgen Höhen,
Der Musen Fest *um Friedrichs* Bild
Mich bei Aurorens Glanz mit frommem Schauer sehen,
Der noch, der noch die Seele füllt.

Ein Traum? nein, nein, kein Traum. Ich sah mit wachem Sinne
Die Musen tanzten darum her.
Wach ward ich nah dabei Cäsars und Solons inne,
Doch keinen, daß er neidisch wär.

Ein süßer Silberton durchzitterte die Lüfte,
Bis in des Ohres krummen Gang;
Die Blumen brachen auf, und streuten Balsamdüfte;
Der Berg lag lauschend; Klio sang:

"Heil dir! festlicher Tag, der unsern Freund geboren.
Ein König, Schwestern, unser Freund!
Heil dir! uns neues Reich, zum Schauplatz ihm erkoren,
Dem frommen Krieger, niemands Feind!

Laßt freudig um sein Bild, voll Majestät in Blicken,
Der Tänze Hieroglyphen ziehn!
Einst, Schwestern, tanzen wir, mit trunkenerm Entzücken,
Einst, freut euch, tanzen wir um ihn!"

Einst tanzen wir um ihn? Prophetin banger Schrecken!
Nie werde dieses Wort erfüllt!
Nie mög ein Morgenrot zu diesem Glück euch wecken!
Tanzt, Musen, ewig um sein Bild!

Der Eintritt des 1752sten Jahres

Im Spiel, dem Huld und Macht
Die Welt zur Bühne gab, das Weisheit ausgedacht,
In diesem Spiel zur kurzen Szen erlesen,
Jahr! Zeit, für Sterbliche gewesen!
Für ihn, der eh du kamst, dich als gekommen sah,
Für Gott noch da!

So wie ein Strom, der aus der Erde bricht,
Und wenig Meilen rollt, und wieder sich verkriecht,
Bist du, aus der du dich ergossen,
Zur Ewigkeit,—die Gott, mit aller Welten Last,
Im Zipfel seines Kleides faßt,—
Zur Ewigkeit zurück geflossen.

Vom Dürftigen verseufzt, mit tränenvollen Blicken
Des Reuenden verfolgt, zurück gewünscht vom Tor,
Vom Glücklichen erwähnt mit trunkenem Entzücken:
Jahr, welche Botschaft von der Erde,—
Jetzt unwert jenes Rufs: Sie werde!—
Bringst du dem Himmel vor?

Botschaft ach! vom Triumph des Lasters über Tugend,
Hier vordem ihrem liebsten Sitz;
Von Vätern böser Art; Botschaft von schlimmrer Jugend;
Von Feinden Gottes, stolz auf Witz;
Botschaft von feiler Ehr, womit die Schmach sich
schmücket;
Von ungerechtem Recht, das arme Fromme drücket.

Botschaft, daß die Natur längst unsrer müde worden,
Die dort mit Flüssen Feuers schreckt,
Das paradiesische Gefilde überdeckt,
Und dort, geschäftig im Ermorden,
Der aufgebotnen Pest
Die giftgen Schwingen schütteln läßt.

Botschaft von hingerißnen Göttern
Der einst durch sie regierten Welt;
Botschaft von finstern Kriegeswettern,
Die hier ein Gott zurücke hält,
Und dort ein Gott, der grausamer verfährt,
Mit immer neuen Blitzen nährt.

Doch Botschaft auch von einem Lande,
Wo *Friederich* den weichen Zepter führt,
Und Ruh und Glück, im schwesterlichen Bande,
Die Schwellen seines Thrones ziert;
Des Thrones, ungewiß, ob ihn mehr Vorsicht schützt,
Als Liebe stützt.

O ihr, die *Friedrich* liebt, weil er geliebt will sein,
Ihr Völker jauchzt ihm zu! Der Himmel stimmet ein.
Auf! strebt, daß er mit diesem Jahre,
Wenn er sie jetzt nicht schon erfährt,
Die wichtge Botschaft froh erfahre:
Ihr wäret eures *Friedrichs* wert.

Der Eintritt des Jahres 1753 in Berlin

Wie zaudernd ungern sich die Jahre trennen mochten,
Die eine Götterhand
Durch Kränze mancher Art, mit Pracht und Scherz
durchflochten,
Uns ineinander wand!

So träg, als hübe sich ein Adler in die Lüfte,
Den man vom Raube scheucht:
Noch schwebt er drüber her, und witternd fette Düfte,
Entflieht er minder leicht.

Welch langsam Phänomen durchstreicht des Äthers Wogen,
Dort wo Saturn gebeut?
Ist es? Es ists, das Jahr, das reuend uns entflogen,
Es fliegt zur Ewigkeit.

Das reuend uns entflog, Dir *Friedrich* zuzusehen,
Kein Säkulum zu sein;
Mit Deinem ganzen Ruhm belastet fort zu gehen,

Und sich der Last zu freun.

Noch oft soll manches Jahr so traurig von uns fliegen,
Noch oft, zu unserm Glück.
Vom Himmel bist Du, Herr, zu uns herabgestiegen;
Kehr spät! kehr spät zurück!

Laß Dich noch lange, Herr, den Namen Vater reizen,
Und den: *menschlicher Held!*
Dort wird der Himmel zwar nach seiner Zierde geizen;
Doch hier braucht Dich die Welt.

Noch seh ich mich für Dich mit raschen Richteraugen
Nach einem Dichter um.
Dort einer! hier und da! Sie taugen viel, und taugen
Doch nichts für Deinen Ruhm.

Ist er nicht etwa schon und singt noch wenig Ohren,
Weil er die Kräfte wiegt:
So werd er dieses Jahr, der seltne Geist, geboren,
Der diesen Kranz erfliegt.

Wenn er der Mutter dann sich leicht vom Herzen windet,
O Muse, lach ihn an!
Damit er Feur und Witz dem Edelmut verbindet,
Poet und Biedermann.

Hört! oder täuschen mich beliebte Rasereien?
Nein, nein, ich hör ihn schon.
Der Heere ziehend Lärm sind seine Melodeien,
Und *Friedrich* jeder Ton!

Der Eintritt des Jahres 1754 in Berlin

Wem tönt dies kühnre Lied? dies Lied, zu wessen Lobe,

Hört es noch manche späte Welt?
Hier steh ich, sinne nach, und glüh und stampf und tobe,
Und suche meiner Hymnen Held.

Wer wird es sein? Vielleicht im blutgen Panzerkleide
Des Krieges fürchterlicher Gott?
Um ihn tönt durch das Feld gedungner Krieger Freude,
Und der Erwürgten lauter Tod.

Wie, oder ists vielmehr in fabellosen Zeiten
Ein neuer göttlicher Apoll,
Der, schwer entbehrt, mit schnell zurückberufnen Saiten
Den Himmel wieder füllen soll?

Wo nicht, so werde der der Vorwurf meiner Lieder,
Der sich als Themis' Rächer wies,
Und dessen frommes Schwert der giftgen Zanksucht Hyder
Nur drei von tausend Köpfen ließ.

Doch ihn, Apoll und Mars, in *Friedrichen* vereinet,
Vereine, mein Gesang, auch du!
Wann einst ein junger Held bei seinem Grabe weinet,
So zähl ihm seine Taten zu!

Fang an von jenem Tag—Doch, welch ein neues Feuer
Reißt mich vom niedern Staub empor?
Auch Könige sind Staub! Seid ihnen treu; dem treuer,
Der sie zu besserm Staub erkor.

Wer wird, voll seines Geists, mir seinen Namen melden?
Sein Nam ist ihm allein bewußt.
Er ist der Fürsten Fürst, er ist der Held der Helden;
Er füllt die Welt und meine Brust.

Er rief sie aus des Nichts nur ihm folgsamem Schlunde;
Er ruft sie noch, daß sie besteht.
Sie bebt, sie wankt, so oft ein Hauch aus seinem Munde

Den Fluch in ihre Sphären weht.

O dreimal Schrecklicher!—doch voller Quell des Guten,
Du bist der Schreckliche nicht gern.
Den weiten Orient zerfleischen deine Ruten;
Uns, Vater, zeigst du sie von fern.

Wie, daß des Undanks Frost die trägen Lippen bindet,
Volk, dem er Heil, wie Flocken, gibt!
Ihm dank es, wenn ein Jahr in süßer Ruh verschwindet;
Ihm dank es, daß dich *Friedrich* liebt.

Der Eintritt des Jahres 1755 in Berlin

Wunsch, der du in der Brust geheimer Lieblingssünden
Geheimes Werkzeug bist,
Das oft ein lauter Freund—wer kann das Herz ergründen?
—
Ein stiller Mörder ist;

Durch Laster, Torheit, Wahn zu sehr, zu sehr entweihet,
Braucht keine Muse dich;
Die feile wär es denn, die um den Pöbel freiet,
Und singt sich lächerlich.

Jüngst als Kalliope den Hain und Aganippen
Um ihren Helden mied,
Und zog auf Sanssouci, erklang von ihren Lippen
Ein *prophezeiend* Lied.

"Noch lange wird dies Land, mit den erfochtnen Staaten,
Im Schoß des Friedens ruhn;
Denn sein Beschützer trägt die Lorbeern großer Taten,
Um größere zu tun.

Er braucht den Sieg als Sieg, macht Kunst und Handel rege
Und zeichnet jedes Lauf." —
Sie schwieg, und plötzlich stieß, zur Linken an dem Wege,
Ein rascher Adler auf.

Dem segnete sie nach mit heiligem Entzücken
Und aufgehobner Hand,
Bis er, am Ziel des Flugs, vor ihren schärfern Blicken,
Dem Thron des Zeus, verschwand.

Der Tod eines Freundes

Hat, neuer Himmelsbürger, sich
Dein geistig Ohr nicht schon des Klagetons entwöhnet,
Und kann ein banges Ach um dich,
Das hier und da ein Freund bei stillen Tränen stöhnet,
Dir unterm jauchzenden Empfangen
Der bessern Freunde hörbar sein,
So sei nicht für die Welt, mit unserm Schmerz zu prangen,
Dies Lied: es sei für dich, für dich allein!

Wann war es, da auch dich noch junge Rosen zierten?
(Doch nein, die Rosen ziertest du!)
Da Freud und Unschuld dich, im Tal der Hoffnung, führten
Dem Alter und der Tugend zu?
Gesichert folgten wir: als schnell aus schlauen Hecken
Der Unerbittliche sich wies,
Und dich, den Besten, uns zu schrecken,
Nicht dich zu strafen, von uns riß.

Wie ein geliebtes Weib vom steilen Ufer blicket
Dem Schiffe nach, das ihre Kron entreißt:
Sie steht, ein Marmorbild, zu Stunden unverrücket;
In Augen ist ihr ganzer Geist:
So standen wir betäubt und angeheftet,

Und sannen dir mit starren Sinnen nach,
Bis sich der Schmerz durch Schmerz entkräftet,
Und strömend durch die Augen brach.

Was weinen wir? Gleich einer Weibersage,
Die im Entstehn schon halb vergessen ist,
Flohst du dahin!—Geduld! noch wenig Tage,
Und wenige dazu, so sind wir, was du bist.
Ja, wenn der Himmel uns die Palme leicht erringen,
Die Krone leicht ersiegen läßt,
So werden wir, wie du, das Alter überspringen,
Des Lebens unschmackhaften Rest.

Was wartet unser?—Ach! ein unbelohnter Schweiß,
Im Joch des Amts bei reifen Jahren,
Für andrer Wohl erschöpft, als unbrauchbarer Greis
Hinunter in die Gruft zu fahren.
Doch deiner wartet?—Nein! was kannst du noch erwarten
Im Schoß der vollen Seligkeit?
Nur wir, auf blindes Glück, als Schiffer ohne Karten,
Durchkreuzen ihn, den faulen Pfuhl der Zeit.

Vielleicht—noch ehe du dein Glücke wirst gewohnen,
Noch ehe du es durchempfunden hast—
Flieht einer von uns nach in die verklärten Zonen,
Für dich ein alter Freund, und dort ein neuer Gast.
Wen wird—verborgner Rat!—die nahe Reise treffen
Aus unsrer jetzt noch frischen Schar?
O Freunde, laßt euch nicht von süßer Hoffnung äffen!
Zum Wachsamsein verbarg Gott die Gefahr.

Komm ihm, wer er auch sei, verklärter Geist, entgegen,
Bis an das Tor der bessern Welt,
Und führ ihn schnell, auf dir dann schon bekannten Wegen,
Hin, wo die Huld Gerichte hält.
Wo um der Weisheit Thron der Freundschaft Urbild

schwebet,
In seraphinschem Glanze schwebt;
Verknüpft uns einst ein Band, ein Band von ihr gewebet;
Zur ewgen Dauer fest gewebt!

Ode auf den Tod des Marschalls von Schwerin, an den H.
von Kleist.

Zu frÜh wÄr es, viel zu früh, wenn schon jetzt, den
güldnen Faden
Deines Lebens zu trennen, der blutige Mars, oder die
donnernde
Bellona, der freundlich saumseligen Klotho vorgriff!

Der nur falle so jung, der in eine traurige, Öde Wüste
hinaus sieht, in künftige Tage, leer an Freundschaft und
Tugend, leer an großen Entwürfen zur Unsterblichkeit:

Nicht Du, o Kleist; der Du so manchen noch froh und
glücklich zu machen wünschest—Zwar schon solche
Wünsche sind nicht die kleinsten edler Taten-Nicht Du, dem
die vertrauliche Muse ins Stille winkt—Wie zürnt sie auf
mich, die Eifersüchtige, daß ich die waffenlosen Stunden
Deiner Erholung mit ihr teile!

Dir zu gefallen, hatte sie dem Lenze seinen schönsten
Schmuck von
Blumen und Perlen des Taues entlehnet; gleich der listigen
Juno den
Gürtel der Venus.

Und nun lockt sie Dich mit neuen Bestechungen. Sieh! In
ihrer
Rechte blitzt das tragische Szepter; die Linke bedeckt das
weinende

Auge, und hinter dem festlichen Schritte wallt der königliche Purpur.

Wo bin ich? Welche Bezaubrung!—Letzte Zierde des ausgearteten Roms!
—Dein Schüler; Dein Mörder!—Wie stirbt der Weise so ruhig! so gern!
—Ein williger Tod macht den Weisen zum Helden, und den Helden zum
Weisen.

Wie still ist die fromme Versammlung!—Dort rollen die Kinder des Mitleids die schönen Wangen herab; hier wischt sie die männliche Hand aus dem weggewandten Auge.

Weinet, ihr Zärtlichen! Die Weisheit sieht die Menschen gern weinen! —Aber nun rauscht der Vorhang herab! Klatschendes Lob betäubt mich, und überall murmelt die Bewundrung: Seneka und Kleist!

Und dann erst, o Kleist, wenn Dich auch diese Lorbeern, mit der weißen Feder, nur uns Dichtern sichtbar durchflochten, wenn beide Deinen Scheitel beschatten— Wenn die liebsten Deiner Freunde nicht mehr sind-Ich weiß es, keiner von ihnen wird Dich gern überleben—Wenn Dein Gleim nicht mehr ist—Außer noch in den Händen des lehrbegierigen Knabens, und in dem Busen des spröden Mädchens, das mit seinem Liede zu Winkel eilet-Wenn der redliche Sulzer ohne Körper nun denkt—Hier nur noch der Vertraute eines künftigen Grüblers, begieriger die Lust nach Regeln zu meistern, als sie zu schmecken.

Wenn unser lächelnder Rammler sich tot kritisierst—Wenn der harmonische Krause nun nicht mehr, weder die Zwiste der Töne, noch des Eigennutzes schlichtet-Wenn auch ich nicht mehr bin—Ich, Deiner Freunde spätester, der ich, mit dieser Welt weit besser zufrieden, als sie mit mir, noch lange sehr lange zu leben denke-Dann erst, o Kleist, dann erst geschehe mit Dir, was mit uns allen geschah! Dann stirbst Du; aber eines edlern Todes; für Deinen König, für Dein Vaterland, und wie Schwerin!

O des beneidenswürdigen Helden!—Als die Menschheit in den Kriegern stutzte, ergriff er mit gewaltiger Hand das Panier.—Folgt mir! rief er, und ihm folgten die Preußen.

Und alle folgten ihm zum Ziele des Siegs! Ihn aber trieb allzuviel Mut bis jenseit der Grenzen des Sieges, zum Tode! Er fiel, und da floß das breite Panier zum leichten Grabmal über ihn her.

So stürzte der entsäulte Palast, ein schreckliches Monument von Ruinen, und zerschmetterten Feinden, über dich, Simson, zusammen! So ward dein Tod der herrlichste deiner Siege!

Orpheus

Orpheus, wie man erzählt, stieg seine Frau zu suchen in die Hölle herab. Und wo anders, als in der Hölle, hätte Orpheus auch seine Frau suchen sollen?

Man sagt, er sei singend herabgestiegen. Ich zweifle im geringsten nicht daran; denn solange er Witwer war, konnte er wohl vergnügt sein und singen.

Berge, Flüsse, und Steine folgten seinen Harmonien nach; und wenn er auch noch so schlecht gesungen hätte, so wären sie ihm doch nachgefolgt.

Als er ankam und seine Absicht entdeckte, hörten alle Martern auf. Und was könnten für einen so dummen

Ehemann wohl noch für Martern übrig sein?

Endlich bewog seine Stimme das taube Reich der Schatten; ob es gleich mehr eine Züchtigung als eine Belohnung war, daß man ihm seine Frau wiedergab.

[Übersetzung der Ode des Horaz "Ad Barinen"]

Ode 8. Lib. II.

Hätte dich je des verwirkten Meineids Strafe getroffen; würde nur einer deiner Zähne schwarz; nur einer deiner Nägel häßlicher; so wollt ich dir glauben,

Kaum aber hast du das treulose Haupt mit falschen Gelübden verstrickt; so blühst du weit schöner auf, und trittst stolz einher, aller Jünglinge sehnlichstes Augenmerk.

Dir steht es frei, der Mutter beigesetzte Asche, die stillen Gestirne der Nacht, und den ganzen Himmel, und alle unsterblichen Götter zu täuschen.

Venus selbst, wie gesagt, lachet darüber; die guten Nymphen lachen; es lachet der immer brennende Pfeile auf blutigem Wetzstein schleifende, strenge Kupido.

Noch mehr: nur dir reitet die Jugend alle, nur dir wachsen in ihr immer neue Sklaven auf; und noch können die Alten dich, ihre gewissenlose Gebieterin, nicht meiden, so oft sie es auch gedroht.

Dich fürchten die Mütter für ihre Söhne; dich fürchten die geizigen Alten; dich fürchten die armen nur erst verheirateten Mädchen, um deren Männer es geschehen ist, wenn sie einmal deine Spur finden.

"Ad Barinen" wird die Ode überschrieben. Diese Barine war ohne Zweifel eine Freigelassene, welche das Handwerk einer Buhlerin trieb. Tan. Faber hat diesen Namen in Carine verwandeln wollen, weil Barine weder griechisch noch lateinisch sei; und Dacier billiger diese Veränderung. Konnte aber eine Sklavin, welches Barine gewesen war, nicht leicht aus einem barbarischen Lande, von barbarischen Eltern entsprossen sein?

[An Mäcen]

Du, durch den einst Horaz lebte, dem Leben ohne Ruhe, ohne Bequemlichkeit, ohne Wein, ohne den Genuß einer Geliebten kein Leben gewesen wäre; du, der du jetzt durch den Horaz lebst; denn ohne Ruhm in dem Gedächtnisse der Nachwelt leben, ist schlimmer als ihr gar unbekannt zu sein;

Du, o Mäcen, hast uns deinen Namen hinterlassen, den die Reichen und Mächtigen an sich reißen, und die hungrigen Skribenten verschenken; aber hast du uns auch von dir etwas mehr als den Namen gelassen?

Wer ists in unsern eisern Tagen, hier in einem Lande, dessen Einwohner von innen noch immer die alten Barbaren sind, wer ist es,
der einen Funken von deiner Menschenliebe, von deinem tugendhaften
Ehrgeize, die Lieblinge der Musen zu schützen, in sich häge?

Wie habe ich mich nicht nach einem nur schwachen Abdrucke von dir umgesehen? Mit den Augen eines Bedürftigen umgesehen! Was für scharfsichtige Augen!

Endlich bin ich des Suchens müde geworden, und will über deine
Afterkopien ein bitteres Lachen ausschütten.

Dort, der Regent, ernährt eine Menge schöner Geister, und braucht sie des Abends, wenn er sich von den Sorgen des Staats durch Schwänke erholen will, zu seinen lustigen Räten. Wieviel fehlt ihm, ein Mäcen zu sein!

Nimmermehr werde ich mich fähig fühlen, eine so niedrige Rolle zu spielen; und wenn auch Ordensbänder zu gewinnen stünden.

Ein König mag immerhin über mich herrschen; er sei mächtiger, aber
besser dünke er sich nicht. Er kann mir keine so starken Gnadengelder geben, daß ich sie für wert halten sollte, Niederträchtigkeiten darum zu begehen.

Corner, der Wollüstling, hat sich in meine Lieder verliebt. Er hält mich für seinesgleichen. Er sucht meine Gesellschaft. Ich könnte täglich bei ihm schmausen, mich mit ihm umsonst betrinken, und umsonst auch die teuerste Dirne umfangen; wenn ich nur mein Leben nicht achtete; und ihn als einen zweiten Anakreon preisen wollte. Ein Anakreon, daß es den Himmel erbarme! welcher das Podagra und die Gicht hat, und noch eine andre Krankheit von der man zweifelt, ob sie Columbus aus Amerika gebracht hat.

[Bruchstück einer Ode auf den Tod eines Freundes]

Die ich dich nie dem Chor unschuldger Scherze raubte,
Und schwer beklemmt zu bangen Klagen rief,
Die Rosen heut, o Muse, von dem Haupte,
Das gestern noch im Schoß der frohen Jugend schlief;

Und aus der freien Rechte
Den fürchterlichen Stab,
Den, als der Pindus jüngst in Libers Laube zechte,
Dir der vergnügte Wirt zum Freundschaftspfande gab;
Reiß schnell, der Weste Spiel, das flatternde Gewand
In schmutzig unachtsame Falten!
Und trenn mit ungestümer Hand
Die Perlenschnur, bestimmt das güldne Haar zu halten.

***

Nun nimm sie hin, die mir getreuen Saiten,
Und stimme sie zum Trauerten herab,
Zum Ton geschickt die Seufzer zu begleiten,
Und fromm zu schallen um ein Grab.

www.ingramcontent.com/pod-product-compliance
Lightning Source LLC
Chambersburg PA
CBHW020626260626
47157CB00009B/3193